真理大學在地文創特色課程詩歌創作集

傳頌不朽馬偕的詩寫練習曲

無拘
吾述

錢鴻鈞 ——— 總策劃　　劉沛慈 ——— 主編

《無拘吾述》編輯委員會

（依姓氏筆畫排序）

編輯委員

張晏瑞、劉沛慈、錢鴻鈞

總策劃

錢鴻鈞

主編

劉沛慈

封面相片提供

連偉鈞、辜柏綝

《無拘吾述》系主任序

台文系主任錢鴻鈞

　　由劉沛慈老師所主編的馬偕詩集第三輯又完成了，作為系主任真是感到驕傲又感謝。這次詩集名稱為《無拘吾述》，真虧劉老師才有此妙想啊。頗有佛理的空無自由之感，這也是詩創作的精神核心啊。

　　實際上，沛慈老師配合系上的經費預算，不計功利時間，為的就是要給學生一個發表的管道，真的是為了學生的前途著想而為。督促學生創作，努力學習，乃是非常辛苦之事。除了基本的課程知識以外，更需要教育的敦敦教誨，真的勞心勞力了，才能激發學生有一點創作之心。

　　這詩集，確實是要讓學生有一個美好的起步，之後進一步的投稿校外的文學獎項，更進一步激發自己的創作上的趣味與成就

感，把創作當成生命的一種表現或者抒發。然後畢業時，又能夠有相關的畢業專題製作，而完成某種寫作緊密關聯的實務能力；而在畢業時立刻可以獲得業界的關愛，自己能夠立刻貢獻社會，找到適合自己的文字工作。

這次出版前夕，恰巧系上配合教育部的評鑑，在有六年評鑑通過的佳績，評鑑委員肯定台文系在十年來的實務課程與暑期實習的改革。又進一步要台文系降低必修學分，以更多元的更自由的課程，希望推動台文系在影音與出版兩條文字工作上，更進一步的改革。且要求有傳播與行銷理論的課程，以及文字在資訊能力的革新。

在大家的共識下，剛舉辦過的課程委員會，都通過了相關評鑑委員的建議。未來的畢業專題製作與暑期實習，相信也會獲得學生的理解，更多的加入實務能力的培養，早日激發出自己的興趣與更加努力向學。

從以上改革，更可以了解劉沛慈老師在這本詩集上的努力，是非常重要的。她除了跟往年一樣有長廊詩展，然後還多了馬偕新詩創作大賽，頒發獎金給學生以茲鼓勵。然後邀請王一穎老師進班演講並帶同學走讀，也邀請了林鷺老師演講。最後是請了楊淇竹老師擔任創作大賽的初審委員，並且幫我們選出長廊詩展的作品。而且仍鼓勵同學去聽王意晴老師的演講，增加同學對馬偕的詩主題的認識，沛慈老師真是盡心盡力啊。

　　最後沛慈老師同樣請萬卷樓公司出版詩集。所謂學生的「無拘無束」，卻是要靠著許多老師與出版社的共同努力來促成的。最後期盼同學們，有了信心與信念，更能夠寫得更多，更好，勇敢地向社會發出青春浪漫之聲。

目錄

Contents

此地・就是了 | 方馨瑤

八支律的饋贈

深根在了埔頂上

枝枒 大葉

隨風 舞出熱切的歡迎

譜出一片繁茂的序章

黑袍覆身的偕醫者

帶動唱著 上帝的指示

順手拔了 幾個乳色小礦物

一步 兩步

腳踏污穢 與顛頗

眼望 潔白小朵中的蛋雅

邁向

鐘聲響鈴處

擾醒了

暗香浮動的緬梔

傳播著

平凡中的不平凡

心灰中的新希望

花開 花落

每是一番榮景

多少番薯在麵包樹庇蔭下成長

又多少番薯

又 被埋進樹下

而不變的

是燃盡自身的大愛

植在饋贈的土壤中

伴隨著馨香的浮動

在番薯上 烙下

難以忘卻的戳章

無拘吾述

　　這首詩的發想來自於馬偕的故事─雞蛋花傳聞是他很喜歡的一種花，而麵包樹（古稱八支律）也是馬偕當初去花蓮傳教時，一名阿美族的族人將當地的樹苗贈送給馬偕，所以我就透過兩者再結合馬偕事蹟寫成這首詩。另外，詩名部份是用馬偕當初到淡水上岸時說的一句話，也是玩趣的讓讀者猜猜「此地」是哪裡，相信讀完後的讀者來到淡水，也會講出同樣的一句話─此地就是了。

永不凋謝的雞蛋花 |方馨瑤

黑袍後 藏了一朵花

一朵 少有人知的花

一朵 世人以為是觀賞用的花

他們不知

小小花兒

終究用了多大的勇氣與力量

才掙脫社會世俗的桎梏

才扭轉身分與命運的曲折

小小身軀

用盡自身的力量

才長成

一株淡雅中帶有睿智的花朵

世上繁花似錦

落英繽紛

最終還是抵不過枯萎的命運

唯有一株 永不凋謝的雞蛋花

深根淡水

在某個街頭 某個角落

藉著風

傳播著芳香分子

散播更多的 更多的

福音

下個季節

番薯上 繁花錦簇

各自亮麗

獨立綻放

　　其實在沒聽過張聰明的事蹟前，我一點都不了解身為馬偕夫人的她到底有什麼特別之處，但聽完她的故事後，我深受感動──一個兩百年前的平埔女性竟然可以有「女性自主」的想法，真的受我十分震驚，同時也才發現她其實真的很厲害（不管是在哪個時代）──她竟然能跨出國境，用英文演講，說服群眾成功募集到資金去創辦學堂，後來先後在牛津學堂、女學堂、婦學堂擔任教職。可如此厲害的人物卻在歷史長河中埋沒在她先生的名諱下，所以我想透過這首詩讓更多知道「張聰明女士」（並非只是馬偕夫人而已），且希望透過多年前的女性自立自強的事蹟，鼓勵更多女性可以走出社會世俗的框架，活出自我。

馬偕雕像　|方馨瑤

曾經的你 見證過
一磚 一瓦
建起的 知識殿堂
還有從東北角來的平埔女性
渴求著 能轉變命運的知識

曾經的你 幫助過
台灣萬千飽受牙痛之苦的人
脫離苦海
還有那些不知多少 苦於生活火熱之徒
終找到聖光 得以依靠

是你
是你用愛灌溉了淡水
建構了台灣的珍稀寶庫
掀起了台灣的革新浪潮

如今的你 化成一座雕像
精神繼續滋養著淡水 傳播著上帝的福音
不論潮起潮落
福音永在

　　這首詩是我當初聽完馬偕對淡水的付出後，恰好想
到淡水河岸邊的馬偕雕作所做的詩，也是感念他為淡水
燃盡自己也要奉獻的愛與偉大。

　　本詩的是摘取幾個馬偕對淡水有卓越貢獻的特點，
或對台灣有非凡功勞的事跡，拼湊、組合寫成的一首紀
念馬偕的詩。

過去——未來 | 王立文

當年的你，乘著風、迎著浪，只為了信仰
就是這樣的瘋狂
未來的我們，讀著書、拍張照，只是滿足好奇
那樣的神奇

　　看著當年馬偕上岸時的場景而有感而發。從未來人
想要理解過去的馬偕的心情去書寫。選用馬偕上岸的照
片，是因為這象徵了開始的地方。

來自過去的穿越者 | 王立文

你看到了嗎？
曾走過的地方都變了
但熟悉的影子仍在
你的痕跡絕不拆除
你的名字成為洪流
大樹、教堂、學堂還有醫館
我們不會忘記
而你還想說些什麼呢？

如果馬偕在人生的最後一天穿越到今天的台灣。

女子與學堂 | 王芊懿

他興建了一道聖潔的光

照耀著被俘的女性

傳統的繩子應聲而裂

綑綁的枷鎖逐漸鬆脫

藏灰的身子

磨礪出璀璨的寶石

而他

不取 也不求

　　看到女學堂還是很感謝馬偕，因為有他興建這樣一
個學校，台灣的女性才能跟男性一樣上課，才讓現在的
我能讀到書，雖說不是全部的功都在他身上，但他開創
了一個很好的先例。

治癒 | 王芊懿

戰爭凶險了他的醫心

他撫平了戰爭的傷痕

當時中法戰爭，他堅決不離開危險的淡水，選擇留在這裡治療兩國的傷兵，拯救了一些可能會因次犧牲生命的人們，我覺得這是很不容易的事情，需要極大的勇氣與愛心，所讓我感觸頗深。

家 | 江政叡

他鄉 吾鄉

這是

你看出去的模樣嗎？

就算太陽西下

精神仍然在此

無微不至的守護

我們的家

　　坐在馬偕故居前的石階上，雖然望出去的景象與當
時的截然不同，但他留給我們的一切，現在的我們仍能
清晰地感受到，那份永恆的愛。

陽 ｜江政叡

像是冬陽
溫暖了寒冬
也照耀了福爾摩沙

像是夕陽
絕美了淡水
也留下了
無私的愛與貢獻

　　太陽無時無刻都存在著，就像馬偕的愛一樣，受人
景仰。

han-tsî | 江政叡

天色暗了

形貌仍舊清晰

追尋夢想的影子

來到此地

並將愛 化成永恆的手杖

撐起了黑暗

也撐起了

小 han-tsî 的未來

　　臺灣就像是一顆小番薯，謝謝馬偕牧師等人對臺灣
的滋養，讓這塊土地變得更好、更茁壯。

馬偕上岸處 | 李宜縉

上岸了

他佇立在淡水河邊

手捧聖經

猶如他一生的奉獻

傳教 教育 醫療

　　馬偕從此處上岸，開啟了他在台灣的旅程，我覺得
手上的聖經如他是淡水的救世主一般，為台灣奉獻許
多。

一生 | 李宜縉

台灣
他待了一生的土地
遇見了一生摯愛
在這美麗的島嶼
開始了一生的奉獻
結束了一生的旅途
台灣
他最後的住所

　　馬偕的一生幾乎都在台灣度過，甚至連過世後都葬
在台灣，我想用最簡單的句子，描述出他在台灣的一
生。

馬偕 | 李胤璇

美麗的福爾摩沙
請讓我在這片土地上扎根

純淨的福爾摩沙
請讓我在這散播福音

質樸的福爾摩沙
請讓我在這

懸壺濟世
設學堂

平安

　　想像馬偕初踏淡水這塊土地時，誠摯地向上天祈
求。

攜手 ｜李胤璇

信仰
像月老的紅線
讓我們
遇見

妳從八里來
那我們便在淡水河岸
比肩望著觀音山
扎根

在朝露般的人生裡
相濡以沫
攜手相伴

馬偕與妻子張聰明跨國籍與種族的愛情，在男尊女卑的時代建立起令人羨慕的榜樣，婚後也定居在能眺望妻子娘家的觀音山的淡水河岸旁。

開墾 | 李胤璇

把鉗子當鋤頭
種下基督的種子

用盡一生的初衷
灌溉

漸漸的

在淡水

發了芽

先人用鋤頭與汗水開墾自己的土地，而馬偕用拔牙
鉗與散播福音的堅持，開墾了自己的信仰與初衷。

鬼島 ｜李偲瑜

馬偕竹炭般烏黑的鬍鬚，
洗淨了烏煙瘴氣的鬼島，
台灣。

　　因為經常有外國人來台因生病而死，台灣因此被冠
上鬼島的稱號，馬偕的出現改變了原住民的衛生習慣，
讓病菌不再肆虐。

傘 ｜李偲瑜

論馬偕與我的差異
我的傘會不翼而飛
他的卻會不請自來
唉
不多說了！

因為我的傘被偷了，好難過。

跨時空的崇拜 | 周有朋

百餘年前
你行醫佈道的天氣如何？
肯定是艷陽 或是陰雨
那艷陽曬的淡海波光粼粼
那陰雨罩的山巒雲霧茫茫

百餘年後
我所在的天氣如是
一樣的艷陽 一樣的陰雨
但
沒了你行醫的影
沒了你佈道的聲

人們常說的馬偕精神
是什麼精神？
多想成為你的信眾
在你身邊
聆聽

以淡水的天氣為背景,遙想當年馬偕在淡水的身影,不知道那時的天氣是否和我現在一樣呢?他同時也是淡水的精神,好想親耳聽見他佈道的聲音有多宏亮。

馬偕 | 周有朋

腳踩你疼惜的瑰麗大地

所聞

是你佈道的聲

所見

是你行醫的影

滬尾的十二月風

也滅不了你傲骨的風範

　　馬偕曾說台灣是一塊瑰麗的大地，在這土地上做正確的事，這風範，是連淡水的十二月天強風都無法吹滅的。

以你之名 | 周有朋

滬江淡海
有你的醫院 有你的學堂
以你馬偕的名 就是居民的上帝
有你的街道 有你的銅像
以你馬偕的名 就是淡水的記憶

　　淡水事宜快到出充滿馬偕名字的地方，這裡的居民
以他為榮，更是把馬偕融入生活周遭，使其成為淡水獨
特的記憶。

奉獻 | 林芝羽

長遠的航行
熄滅不了他滿腔的熱忱
語言的阻礙
阻止不了他堅定的信念
學堂的誕生
建立起了台灣教育的根基

「寧願燒盡，不願朽壞」
最後的生命
全都奉獻給了台灣

用盡了
最後一點力
敲響了
最後一聲鐘
完成了
最終的宿願

　　看見馬偕上岸處這個雕像，讓我想到馬偕當年是經歷如此辛勞、遙遠的來台之路，我就以這點作為詩的開頭，並延伸到後面馬偕的一些成就與經歷。其中也引用「寧願燒盡，不願朽壞」這句我很喜歡的名言，來呼應最後「用盡了最後的一點力」、「完成最終的宿願」，表示馬偕寧願奉獻自己直到最後，也不願將生命浪費在無意義的事情上。

偕在此　｜林芝羽

偕在此
落地生根
偕在此
結婚生子
偕在此
度過晚年

偕在此
建立一個避雨的居所
偕在此
創造一個教育的殿堂
偕在此
擁有一個有愛的所在

偕在此
人皆在此
開啟了生命的路程

　　講述馬偕來到台灣這片土地，生活並成立學堂，他
與我們都一樣，在這裡生活、建立家園。「偕在此」代
表著馬偕在這裡的意思，「人皆在此」代表著人們皆在
這裡的意思，同時「人、皆」組合起來也是「偕」。
「偕、皆」兩個字同音不同形，在讀詩時，能將意思相
互套入，形成不同的意義。

白 | 林雨新

純白的建築 用來紀念你
無法細數你做的每一件事
也無法追究你當初來到這裡的理由是什麼
但你彷彿拯救了台灣

你是醫生也是老師
增加我們的智慧
也賜給我們活下去的門票

　　因為白色很容易讓人聯想到行醫方面的職業，而馬偕確實醫治了很多台灣人，所以想從他的這些舉動出發寫出一首詩。想要表達他不只幫我們建立了學校，還替台灣人看病，真的很令人敬佩。

紀念 | 林雨新

雖然最後的台灣
模糊成了你眼睛的一條細線

但在台灣這幾年間所做的一切
在我們的腦海裡揮之不去
那些事蹟值得讓後人們記得

最後那一聲鐘
召集的不只是學生
更是敲進了台灣的歷史

　　每次經過牛津學堂，一定會想到馬偕，他為了台灣
奉獻了很多，連生命最後結束都是在淡水，他所做的一
切就跟牛津學堂的一磚一瓦一樣，堅固且並不容易，我
們都應該該好好感謝。最感人的莫過於，馬偕在知道自
己時間快到了，依然還是吃力的替學生們上完了最後一
堂課。

光明 ｜林家妡

他遠道而來
雙腳踏上了未知
雙手奉上了他的青春
掏出那顆疼惜台灣的心
揮灑在我們生活的土地上
成為照亮台灣前進的明燈

　　在這篇詩作中想表達馬階為了台灣犧牲奉獻了他的
所有，用了雙手雙腳，最後奉獻了他疼愛台灣的心，去
照亮了台灣的未來，而成為台灣之後前進的明燈。

最後的最後　│林家妡

在最後的時刻

他敲響了鐘聲

吃力的上完

人生中的最後一堂課

在最後的最後

他追隨上帝的召喚

離開這個

他掏心掏肺

奉獻一身的台灣

　　主要想描述馬階在最後被診斷出喉癌時，他的喉嚨潰爛到牛津學堂開學時，他都無法講課，甚至連吞下去的食物都從喉嚨的洞流出來，馬階自知時日不多，因此趁大家不注意，突然跑到學堂大聲敲鐘，把學生召集起來，吃力的上完最後一堂課，而後追隨上帝的召喚，離開他奉獻一身的台灣。

落日融金 | 施羽恆

醫者行天下

走呀走呀

經淡水河　停下佇足

夕陽餘暉　美不勝收

波光粼粼的水面　輕聲細語地訴說

休息吧　休息吧

為了全心付出的福爾摩沙

凝望落日　暫融於此吧

　　當初我在捷運站拍到這張照片時，覺得心靈平和。
馬偕身為醫生，平常一定非常勞累，非常努力，休息一
下是可以的，並不是偷懶、撒手不幹，而是表示適當的
休息能夠走更長遠的路，看著落日，看著漂亮的景色，
讓身心靈融化在溫暖的橘金色夕陽裡休息吧。

雲海潮汐 ｜施羽恆

天空只餘一點藍

白雲覆蓋了近乎所有

如同波濤洶湧的白色浪潮般

席捲而來　放慢腳步

慢慢走　慢慢走　繼續前進

直到抵達　那蔚藍的

萬里青空

是在淡水河拍的，有一點藍，大部分的白，我覺得能夠表示出一面是困難較多，一面還是有著些微希望，不管是馬偕行醫還是其他歷史事件，不要放棄，繼續走，將會抵達心之所向。

餘鐘 | 高靖哲

遠渡重洋
只為
照料這顆萌芽的蕃薯
受洗教育的灌溉
等待
餘鐘響起
只求
摘下這顆熟成的蕃薯
用盡最後的力氣
等待
下一次
救世主的到來

　　一八七一年馬偕自加拿大來台，為臺灣這座小島盡心盡力，其中在教育這方面，馬偕更是為淡水這裡興建牛津學堂。用「蕃薯」借指臺灣，用「灌溉」說明對受教者的知識傳授。在馬偕生病之後，他的學子竟然還可以等到上課的鐘聲，卻也是最後一次能夠聽到，用「餘鐘」、「最後的力氣」來表達馬偕直到生命盡頭的付出，而「救世主」是想說在未來也會有像馬偕一樣的人來幫助臺灣。

馬偕 | 高靖哲

那歲月的黑鬍鬚
那斑駁的老住家
有過你佇足於此的足跡
是奉獻
是拯救
是你無私的愛

　　矗立在淡水老街裡那座馬偕雕像，讓我想到馬偕曾
在這裡有過許多事蹟

馬偕 |高嘉鴻

馬偕鬍子好長，
淡水河也好長，
綿延不絕傳承，
告訴這片土地，
用心栽培我們。

　　由鬍子這項為人所熟知的特色來比喻著淡水的傳承以及生生不息，且淡水歷史悠久則使用淡水河譬喻，借此來傳達直到現在都還有如同鬍鬚一樣成長的淡水人們。

馬偕 |高嘉鴻

威嚴的在雲端
矗立著，照看著
溫暖的在淡水
細心著，呵護著
一個個新生
一群群熱血
一條條未來

　以威嚴的馬階石像看著淡水，如同父親般的照耀照
顧著每一個來到淡水且受過傳承的人們。

偕著走 | 張育瑄

他來到這裡

使這片土地茁壯

給予豐厚的知識以及愛

莘莘學子也是他未完的夢

　　牛津學堂是馬偕來到淡水教書的一個地方，因此看到這個地方就想到馬偕先生以前很認真地在教學。

痕跡 | 張育瑄

白色
不只是白色
因為那上面有著歷史的痕跡
有著你辛苦的過往以及未亡的夢

　　因為是有著很多馬偕先生的故事的館，有著許多歷
史上的痕跡。

影 |張育瑄

一階階的樓梯

藉著陽光灑落

隱約間似乎看著你

站在那

會心一笑

轉眼間 又消失無蹤

　　覺得如果馬偕先生還健在的話應該會很常在這附近散步，藉著陽光以及淡水的美景慢慢地散步。

馬偕 ｜張偉倫

兩萬顆牙根的智慧

幾千位受惠的病患

數百年書院的足跡

幾十位受洗的門徒

與一輩子淡水的感謝

　　用數字遞減的方式來敘述馬偕曾經做過的事蹟，並用最後一句來表達對馬偕的尊敬與感謝。

番薯 | 張偉倫

渡海上岸
只為了孕育一顆未成熟的番薯
細心的照顧它 保護它
直到它健康茁壯
也不願離它而去

　　馬偕來到台灣之後，為了傳教花了兩個月的時間學習台語，也發現當時的醫學不夠發達，於是決定一邊醫治大家的疾病一邊傳教。到了中法戰爭時也不願自行回到加拿大，堅持要在淡水醫治病人，並一直秉持著「不管是病人還是敵人，只要是人，我都要救」的精神繼續為大家服務。

馬偕 | 張耀心

你匆匆的帶走了一片烏雲，
為一張嘴帶來了一線曙光。
你有如上天派來的牙仙子，
更是送給世人們的救世主。

　　文中說明的是馬偕來台為人民服務，**幫**民眾**免費拔**牙，使得人民沒有牙痛的疾病，有如所謂的「為一張嘴帶來了一線曙光」。

偕叡理 | 張耀心

你踏上淡水這片美麗土地，
帶給人民無私的付出奉獻。
將在台灣留下的每個足跡，
都轉變成這座島嶼的養分。

　　文中說明為馬偕來台除了傳教、行醫，甚至還創建
了牛津學堂及淡水女學堂，並且搜集了許多台灣民俗文
物，對於台灣來說，是非常重要的貢獻。

馬偕 | 梁芷茵

靜靜淡水赴西游
恩情激灔汪洋
奇蹟已然流逝

觀音山依舊
幾度夕陽紅
習以為常上學路
足跡與百年前重疊

　　去真理大學上課時，常悠閒地沿著淡水河岸慢慢步行到校，不想這竟然也是馬偕到淡水傳教、教書時走的路線。時隔百年之久，與馬偕共走一條路，似乎與以往只出現在課本上的歷史人物產生了一些連結。

初學 ｜梁芷茵

躑躅而過山林海岸
依著族人踏進紅樓
誰的小手中
二寸鉛筆渴望留痕

學堂之中僅有幾人
選一個靠窗的位子
陽光中
藏著神蹟

純白鷺鷥滑過山頭
黑袍博士現身堂中
目光所指處
究竟藏著多少奉獻

尾羽帶走鐘的尾音
晝光之中真理展現
向著學生
向著淡水

　　馬偕在台灣創立第一所供女學生讀書的女學堂，但
當時漢人認為「女子無才便是德」，所以第一屆學生都
是來自宜蘭的噶瑪蘭一族。想像著過去的故事，以小女
孩的視角描寫第一次上學時的情景。

加國的佈道者 | 連偉鈞

遠自加拿大的福音

傳入了福爾摩沙

從北到南

腳踏實地

傳播主的啟發

循循善誘誠心佈道

寧願燒盡不願朽壞

開化人民之智

拔除腐朽之齒

即便戰爭將至

其心仍繫於民

上山下海

傳道解惑

只為將

主之恩寵 遍布高砂

　　透過王一穎老師的演講，看到了上圖這張馬偕行醫的相片，加上想像馬偕來台到淡水的各種經歷作為啟發，而譜寫出此詩，詩中引用了馬偕的名言「寧願燒盡，不願朽壞」加深此詩與馬偕的關聯性，最後以佈道者的精神作為總結。

馬偕 | 連偉鈞

自淡水河邊靠岸

未知的旅途與凶險等待著他

縱使不受待見，也從未放棄

一分耕耘，一分收獲

將細小的真理之苗

含辛茹苦地照顧長大

細小的幼苗成了茁壯之樹海

彷彿傳播出去的福音含苞待放

即使百年過去

遺留下來的愛仍然存在

　　藉由上述照片，將馬偕佈道的行為比喻為種樹一般，從幼小的苗開始，到成長茁壯的樹海，就像他傳教的事蹟一樣，遍布各地。

開拓者 | 連偉鈞

自外而來的福音
開化了陳舊的視野
拔除了腐朽的齲齒
由內而外的革新

飛升者的思想
昇華人的殿堂
造就了嶄新的世代
開創了簇新的里程碑

　　這首詩其實是在王一穎老師演講時創作的，思考時間雖然不長，但把我對馬偕最初的想法及建構，再用一些偏宗教的詞語去完成整首詩。

紅磚瓦 | 陳思汎

有人用血腥的手段留下印記
有人用血紅的玫瑰贈與愛意
有人 只用斑駁的磚瓦
留下 這些建築
贈與 後世享福

　　以前人要在異鄉土地上留下記憶，大多都是是靠戰爭、殺戮，或者是有一段羨煞人心的情意存在，才有可能被流傳下來，被後人所記得。但馬偕在台所留下的足跡，我們光靠這些留下來、有故事的建築，就能夠追憶。我將這三個點簡單扼要的以「紅色」串連起來，並寫下這首詩。

溫度 | 陳思汎

窗外下的 似雨 似雪
在這白屋的包圍下
在這無私的奉獻後
他給我們的 是安全感 是家

　　那天拍照的時候在飄雨，沒想到有拍到雨的蹤影，要不是台灣不會下雪還真的會讓人以為雪花紛飛，這首詩是站在馬偕的子女的角度寫的，子女還分成兩邊：血緣上的子女以及被他拉拔教育大的台灣人民。

　　這裡是馬偕一家人以前的故居，以親生子女的角度來看，住在這裡面她們想必是被爸爸保護的好好的，過著很好的生活，在異鄉也很有安全感，有一個家。

　　以台灣人民的角度來看，馬偕在這裡定下居所，為他們帶來的知識與幫助，也讓他們得以成長，有能力去給予人安全感，一個家。

致百年前的祢 | 陳星妤

遠離家鄉，飄洋過海／

攏是為基督／

創建學堂，改善衛生／

攏是為基督／

祢的一生奉獻，世人銘記在心／

一百五十年後／

的我／

由衷的感謝／

寧願燒盡，不願朽壞／

的祢。

　　以馬偕在台的貢獻及後人給馬偕的美譽，創作出來
的詩。

家鄉 | 陳星妤

這裡是／

宣揚基督的基地／

這裡是／

促進醫療的基地／

這裡是／

教育發展的基地／

同時也是／

您的住所／

您最後的家鄉。

　　以馬偕故居作為整首詩的構思核心，這棟建築物既
是起點也是終點，以這樣的想法創作的。

學 ｜辜柏絣

紅色的磚瓦，

灰色的水泥，

建立起台灣人的知識。

即使在最後，

脆弱的身軀，

用力敲響學堂的鐘，

只為給台灣人上最後一課。

　　王一穎老師帶我們去理學堂大書院，講說這是馬偕親自設計的學院，並講到馬偕在最後即使生病了，回光返照，來到理學堂敲鐘，要學生來上最後一堂課，讓我很有感觸。

飄洋過海的守護者 | 辜柏絣

遠渡重洋，
來到蓬萊，
遠眺觀音，
守望滬尾。

　　馬偕從加拿大飄洋過海來到台灣，台灣又被稱作蓬
萊，蓋了屬於自己的家，從小白宮可以看到觀音山、淡
水河，守護著淡水這個地方，淡水以前被稱作滬尾，所
以寫滬尾。

伴 | 辜柏絣

斑駁的牆面，

與樹木相互見證，

一同走過歷史，

也將一起度過來年。

　　姑娘樓與牧師樓的旁邊都有種一些花草樹木，樹要
從小草長成一顆大樹需要經過很長的一段時間，而這兩
棟建築也經歷了很長的時間，在二次大戰時曾經被當作
火藥庫，兩者相互陪伴與見證了許多歷史，未來也會依
然繼續存在著。

淡忘 | 黃品樺

河岸小巷裡的回憶
藏著許多故事
那座銅像不像台灣人
卻依舊站在河邊
難道忘了嗎
過去的歷史
已經不再感動世人了嗎

　　想藉由詩作來提醒大家馬偕的為人，寶貴的精神在現在已經越來越少見，希望能有更多人能夠看見，延續馬偕的精神。

遍地開花 | 黃品樺

淡水很美
不僅是風景
還有人情風貌
到處都看得到馬偕
遠播的貢獻
在淡水各處傳唱
很美吧
這傳唱各地的事蹟

　　我站在這個地區，處處都能看見馬偕的影子，許多
後人建立的建築應證了歷史的故事，儘管自己在渺小，
也要學習讓這種精神傳承下去。

滬尾之戰 | 黃楹婕

法蘭西打著口號

揚起的砂石

戰到滬尾

打毀了教育的學堂

殘缺了女性讀書的光芒

戰不滅馬偕教育的希望

　　我理解到馬偕對於教育的付出之後，就很想寫關於
馬偕對於教育奉獻的一首詩。

來了 | 黃楹婕

一隻隻貓咪在巷弄間躲藏

如同前人看到馬偕的身影

似乎有著甚麼讓他們驚恐

噓

馬偕來了

帶著長久的恆心

為番薯帶來新的生機

　　在走這條路的路上遇到好多貓咪，我便想像了會不會我們在貓咪眼中如同外來的馬偕，而貓咪如同前人，當我打擾到貓咪的棲息地時，牠們不僅會倉皇逃離，說不定也在心中厭惡著我。

回家 | 黃楹婕

想哭的時候就回家
加拿大是你曾經的故鄉
曾經驚慌害怕地離開
回不了家

想哭的時候就回家
傳教總受到質疑
依舊不改初心
家在心中

想哭的時候就回家
若是將全身心奉獻給基督
宣教的台灣
也是家

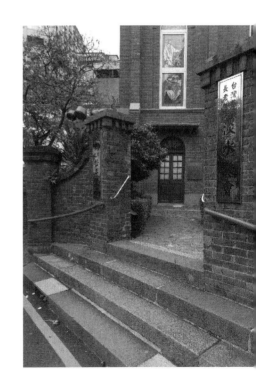

　　在寫詩的前一晚在網路上讀到「想哭的時候就回家
好嗎？」因此萌生了馬偕對於「回家」這個詞的思考，
最後選擇了基督和台灣為馬偕的歸宿。

一八七一　｜黃馨儀

一八七一
大船入港
皮箱，也綴彼隻船
趕過來

雙跤
頭一擺踏佇
新 ê 世界
神恩准 ê 所在

打狗到滬尾
猶未三十 ê 心
已經開始振動

滬尾到西洋
來去三擺
猶是轉來遮

二十冬了後
日本人來 ah
祂講時間到 ah
欲轉去 ah

毋過

愛
永遠留踮遮

　　讀著馬偕年表，爬梳馬偕的年紀與時序演進，感
受到一顆年輕的心與土地相遇，並在這片土地生根的
故事。

2021.11.22

蔥仔開花 | 黃馨儀

觀音足下的姑娘啊
人說妳是牧師娘
蔥仔是妳的名

妳是堅強優雅
嘗過苦毒的
玉蘭白

妳是聰慧自由
擇己所愛的
鳶尾紫

妳是勇敢無畏
踏遍世界的
蒲公英

不願被束縛的雙足
走出淡水
走過東西岸

不怕受風雨的花蕊
開至遠洋
也開在家鄉

人說妳是牧師娘
我說
妳是左岸渡河而來
流淚灑種的
牧羊人

　　百年前第一位環遊世界的女性——張聰明，會是什
麼樣的面貌？文獻上記載甚少的她，卻賦予詩人無限想
像空間。

2021.12.7

馬偕街二巷 |黃馨儀

新屋映斜陽
舊牆沾殘光
枯樹 小巷 禮拜堂
遙望淡水河
靜聽歲月流淌

遠道而來的人
石階上的貓
都踮起腳
盼聖歌
再響

夕陽照在紅磚牆上，禮拜堂附近的小貓悠閒散步。
傍晚的淡水禮拜堂承載著過去與未來，古今相互輝映，
不變的是基督的信與愛，皆匯集於此。

2021.12.10

重生 | 廖俐婷

腐敗的白色果實
連根拔起
隨後緩緩墜落

凝視著未知的空洞
歷經風霜的雙手
將再次種下希望的種子

　　開頭腐敗的白色果實用來代表馬偕最為人所知的拔
牙事蹟，連根拔起指馬偕的醫治行動，以前段提及的果
實、拔除做接續，凝視未知的空洞乍看之下是指牙齒拔
除後的空洞，但實際上是指台灣人民的不足與對許多事
物的未知，再次種下希望的種子是指馬偕為台灣帶來的
貢獻，打破了台灣當時各方面都不足的狀況。

永遠常在 ｜廖俐婷

那一雙腿深根於這塊土地
一舉一動全是他疼惜台灣的心

他長眠於此
肉身與精神佇足
在他深愛的台灣

　　雙腿深根於這塊土地用來表示馬偕與他的助手在台灣旅行佈道以及行醫，一舉一動全是疼惜台灣的心來自於馬偕所創作的〈最後的住家〉，字字句句都能看出他對台灣的用心與付出，長眠於此指的是位在淡江中學的馬偕墓與他葬在台灣的選擇，肉身與精神佇足除了先前提到的馬偕墓還指馬偕在台留下的影響，都能看出他不只將青春奉獻給台灣，而是他將整個人生生根於這塊土地。

馬偕精神 | 劉子毅

「寧願燒盡，不願鏽壞」

馬偕博士背後

所做貢獻

他的精神

滋養著台灣

真心感謝馬偕為台的無私付出、奉獻。

馬偕的愛 | 劉子毅

所到之處
遍地佈滿他對台灣的愛
無私無悔地付出一切
他的奉獻
永存在人們的心中

　　紀念馬偕在台二十九年期間，為這塊土地的貢獻。

捱 | 蔣興炫

自登台傳教以來 從未停止宣揚基督
每次宣導必吼 很少休息 癌症應運而生
身體每況愈下 再也捱不住
堅持附上最後一堂 才回到主的懷抱
敬佩其有始有終的精神
他的貢獻 是後世無法衡量
蓋教堂 拔牙 打破吃人的理教 保護教徒
並非因為寫了這首詩可以道盡的

　　透過這首詩，表達馬偕來台傳教以來，經歷的辛勞的生活，以及對台灣的貢獻。

為台貢獻的偕牧師 |鄭幸沂

一八七一年 你來到台灣
一九零一年 你在台辭世
在台的三十年間 你為這塊土地
不只貢獻了 教育 醫療及傳教
還貢獻了 你後半輩子的人生

拔兩萬顆牙 用台語傳教 建牛津學堂
是你在台期間
偉大無私的貢獻
最好的證明

　　馬偕是在一八七一年來到台灣，在台貢獻了教育跟醫療等，馬偕在一九〇一年在台灣逝世，馬偕來台的三十年間，他為台灣貢獻了很多。

馬偕 | 鄭幸沂

你拿著聖經 提著皮箱
乘著船隻 在淡水登陸
這成為
你在北部傳教的
重要關鍵

你單膝跪地 雙手合十
誠心地 為這塊寶島
守護著 淡水河邊
推廣著 教育及傳教
重視著 醫療資源
貢獻著 後半輩子的人生

　　馬偕是在淡水河口登陸，開啟了馬偕在北部的傳
教，也有了不少貢獻。這首詩是依照豎立在當初登陸的
淡水河口邊的馬偕雕像而發想的。

偕徑 | 鄭詠心

一條不起眼的小徑
是前人栽種的養分
一條不起眼的小徑
卻也是歷史的痕跡
一條不起眼的小徑
竟是馬偕留下的進步

常常自己一個人在大街小巷遊走，走到這條小白宮後的小路時，有感而發除了這首詩。

馬偕 ｜鄭詠心

一明一滅的燈火
它照亮夜晚歷史的痕跡
讓他們不被遺忘
一偕又一偕
是送給滬尾的禮物

　　在港口，看著那一盞盞的燈火，閃閃爍爍的，這裡
是淡水，是馬偕的故鄉，這些一切都是馬偕與其後人一
點點的開拓的。

淡水 | 鄭詠心

漲了又退 退了又漲

一條小道在深夜被隱去

又悄悄探出身子

想著

當初又是如何開拓

這捉摸不定的滬尾

　　淡水河的水，漲潮與退潮的高度相距甚大，我想到
這座橋的底下有時甚至完全沒有水，有時卻像相片一樣
滿滿的。

理學堂大書院的讀經聲　　│謝秉儒

琅琅的讀經聲，
沙沙的海風聲，
用紅磚蓋成的西式房屋，
在淡水海岸砌出名為知識的建築。

　　理學堂大書院有著馬偕融合東西兩方的建築風格，
相當特別。

姑娘樓與姑娘　|謝秉儒

姑娘們啊，
奉獻了青春與幸福，
帶來進步給了淡水的人民，
而人民們則以歷史洪流中的一角回報。

探討姑娘樓對淡水所帶來的變化。

榕樹 | 羅今伶

滬尾有佳木，不與雜木群。
潔身已自好，獨木自成蔭。
樹冠輕雲朵，枝盤老龍軀。
清泉流飛瀑，行客影中吁。
過百成遺址，人逢在旅途。

　　這首詩似乎是與馬偕不太相關，但我仍堅持以「榕
樹」作為主角完成了它。因為我認為，榕樹是可以活得
很長的樹種，百年甚至千年以上！所以相當地適合作為
一個見證了歲月與時間的意象出現。在建造「理學堂大
書院」前，馬偕是以露天教學的方式：「在大榕樹下以
蒼空為頂，青草為蓆。」以至於當我行走於此，彷彿有
種歷史變成幻燈片一幕幕向我襲來的衝擊感，像是時空
旅行一般。

馬偕的小白宮 | 羅今伶

白色的牆壁、白色的柱子、白色的地磚…
優雅且純粹的你最終的歸宿，
神聖的建築。

　　我很喜歡白色，我認為白色是這世界上最美妙、最莊嚴的顏色，尤其這裡還是如此厲害的偉人的故居，不禁令我有種肅穆感！

跋

編者的話

劉沛慈

　　第三次執行在地化特色課程計畫，雖然課程一開始受到疫情的些許震盪，仍抱持著更為謹慎的態度規劃著教學進程的步履。從現代詩創作的要領開始，到作品賞析切入視角的閱覽嘗試，引領學生們讀詩、寫詩，更在課堂中植入馬偕博士相關的知識養分，如校外走讀與專題演講，邀請詩人親臨課室、現身說法，傳授寫詩之經驗與技巧。除了藉此來達成期末出版詩集的教學目標，本年度更有馬偕新詩創作大賽，促進同學們創作上的動力和作品能見度的展現契機。

　　往年在詩集出版前，通常早早就萌生了書籍的名稱，然而不曉得是否因疫情的影響讓事情與心情擠壓成團，思緒一度窒塞糾結而使得今年的詩集命名久久未得其解……，所幸最後在時間的緊迫推陳下，蹦跳出《無拘吾述》一詞以了結懸宕心中的那顆沈

匐匐的石塊。

這本著作一共收錄了三十二位學生的作品，每人撰著了二至三首與馬偕有關的詩作，同時附上親手拍攝的主題相片和個人的創作理念於后。閱讀同學們的作品，可以看到大家的詩作取材，面向十分廣泛；在表達內心對馬偕博士的景仰與感佩之時，流露出筆觸間隙當中，種種自由且開闊的詩語文字，這般詩文敘寫不受拘束的痕跡，恰恰扣接了詩集題名的氛圍。

為著馬偕詩集的出版勠力之外，長廊詩展這項活動，本年度仍不間斷，系辦外的建置改變，已成為師生們一蹴可幾的創作發表園地。我們更特地情商了詩人楊淇竹老師，於百忙之中費心評選出二十餘首優秀作品，以供展示。而每篇獲選的詩作，由學生們個別進行了版面的美編設計，以呈現作者自身的特出樣態。

再次感謝學校有這項特色計畫的支持，提昇我教學質量上的成就；也感謝系主任錢鴻鈞教授的持續信任，豐富著這門現代詩課程的教學成效。特別要感謝第三度蒞校專題演講的林鷺老師，引領同學們在寫詩心靈層面上的深度之旅；感謝王意晴老師每年接納我們進班聽講認識馬偕，以及王一穎老師帶大家走讀馬偕，並分享寫詩的秘技；謝謝楊淇竹老師花費許多心力評選長廊詩展作品，並擔綱本屆馬偕新詩創作大賽的初審委員，給同學們許多

的建言成長；亦感謝萬卷樓出版社張晏瑞老師和蘇輗小姐，在書刊設計與詩文編輯上的盡心盡力，還有系助張文怡小姐，協助詩集的相片集連結置放事務，多虧有她讓同學們用心拍攝的原始彩色照片可以被看見。誠然，每一位老師的同心協力，皆為本課程注入莫大的助力，也增益同學們寫詩的能量與自信，以完成詩作的種種挑戰和任務。

　　最後，我要對每一位修習這門課程的同學們說聲「恭喜」，因為你已順利地完成了詩寫的各項基底淬鍊，也編織出馬偕詩集那一頁屬於你自己的美好成品，在取得學分之餘，更留下生命中湧現成就的印記。這本詩集的生成，是大家的努力與用心，感謝有你／妳。

2022.01.02 於淡水

文化生活叢書·詩文叢集 1301064

無拘吾述
——真理大學在地文創特色課程詩歌創作集

總 策 劃　錢鴻鈞
主　　編　劉沛慈
責任編輯　蘇　軏

發 行 人　林慶彰
總 經 理　梁錦興
總 編 輯　張晏瑞
編 輯 所　萬卷樓圖書(股)公司
臺北市羅斯福路二段 41 號 6 樓之 3
電話　(02)23216565
傳真　(02)23218698

發　　行
萬卷樓圖書(股)公司
臺北市羅斯福路二段 41 號 6 樓之 3
電話　(02)23216565
傳真　(02)23218698
電郵　SERVICE@WANJUAN.COM.TW

香港經銷
香港聯合書刊物流有限公司
電話　(852)21502100
傳真　(852)23560735

ISBN 978-986-478-605-3
2022 年 2 月初版
定價：新臺幣 280 元

如何購買本書：
1. 劃撥購書，請透過以下帳號
　　帳號：15624015
　　戶名：萬卷樓圖書股份有限公司
2. 轉帳購書，請透過以下帳戶
　　合作金庫銀行　古亭分行
　　戶名：萬卷樓圖書股份有限公司
　　帳號：0877717092596
3. 網路購書，請透過萬卷樓網站
　　網址 WWW.WANJUAN.COM.TW
大量購書，請直接聯繫，將有專人
為您服務。(02)23216565 分機 610

如有缺頁、破損或裝訂錯誤，請寄
回更換
版權所有·翻印必究
Copyright©2022 by WanJuanLou Books
CO., Ltd. All Rights Reserved
Printed in Taiwan

國家圖書館出版品預行編目資料

無拘吾述：真理大學在地文創特色
課程詩歌創作集 / 錢鴻鈞總策畫；
劉沛慈主編. -- 初版. -- 臺北市：萬
卷樓圖書股份有限公司, 2022.02
　面；　公分. -- (文化生活叢書. 詩
文叢集；1301064)
ISBN 978-986-478-605-3(平裝)

　　863.51　　　111001112